AF139058

Über den Autor

Chris Heck ist ein altkluger Besserwisser.
Er mag keine Verantwortung, hat einen
„Master of Arts" und arbeitet in einer
Videothek. Die Hochschule hat er nur
besucht, um jedem zu beweisen dass er
studieren kann, ohne sich Mühe zu geben.

1. Auflage
Vollständige Taschenbuchausgabe 2014
SkwirralMedia, Dieburg
© 2014 der Originalausgabe
by Chris Heck und **Skwirral**Media
Alle Rechte vorbehalten

Illustration und Design
by Marc Heymach
(lumio-design.de)

Herstellung und Verlag:
BoD – Books on Demand, Norderstedt
ISBN 978-3-7357-8140-6

vimeo.com/skwirralmedia

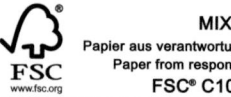

Für Anna Bolko

*Was bringt es, Bücher übers Leben zu lesen,
wenn man vor lauter Lesen vergisst zu leben?!*

Traumaschiss

Letzten Samstag habe ich es mal wieder geschafft mit einem Schiss die Rohre zu verstopfen. Dabei hatte ich mir wegen einer bösen Vorahnung noch nichtmal den Hintern abgewischt. Blöderweise war es keine von den Verstopfungen, die sich irgendwann von selbst auflösen. Das Zeug steckte bombenfest und auch alle Spülversuche meinerseits blieben vergebens. Also beschloss ich raus zu gehen und einen Plümpel zu kaufen. Ich kaufte ihn, lief nach Hause und steckte den Plümpel ins Klo. Dann fing ich an zu pumpen, aber es pumpte nichts. Der Kopf klappte einfach um und das wars. Wütend über so viel Pech versuchte ich es wieder, aber es half nichts. Also packte ich den Plümpel und schleppte ihn so wie er war zurück in den Laden aus dem er kam. Die Verkäuferin glotzte mich teilnahmslos an, als ich vom kaputten Plümpel erzählte. Also forderte ich sie auf das Ding selbst zu testen.

Inzwischen hatten sich auch andere Verkäufer um uns versammelt, die zusehen wollten. Zum Glück war der Plümpel immer noch kaputt und alle die sich versammelt hatten staunten. Konnte einer wirklich so grosses Pech haben? Ich konnte. Das wusste ich schon länger, denn es war nicht das erste Mal, dass mir so was Seltsames passierte. Ich bekam einen neuen Plümpel und lief wieder nach Hause. Ich war mir recht sicher, dass es diesmal hinhauen würde, aber es wurde nichts draus. Der Plümpel war in Ordnung, nur die Verstopfung löste sich nicht.

Ich stellte mir vor wie es wäre, wenn ich plötzlich noch einmal scheissen müsste und bekam Angst. Fieberhaft suchte ich im Internet nach einer Lösung. Was ich fand gefiel mir nicht. Nach dem Plümpeln blieb nicht mehr viel was man tun konnte. Nur mit der Hand unten rein fassen und damit Unterdruck erzeugen. Darauf hatte ich zwar keine Lust, aber am Ende blieb mir nichts übrig. Also tat ich es und es tat sich was. Das Wasser lief ab. Dann blubberte es hinter mir. Ich drehte mich um und sah eine braune Brühe, die aus dem Abfluss der Dusche kam. Kalter Schweiss lief mir den Rücken runter und in die Arschritze rein. Ich war mit meinem Latein am Ende und rief meinen Vermieter an, der was von Notdienst brummte. Also legte ich auf und rief dort an.

Als der Notdienst da war, stank schon die ganze Bude nach Scheisse. Keine Ahnung was alles aus dem Rohr zu mir in die Wohnung gekommen war. Wortlos stapften zwei Kerle herein und glotzten Klo und Dusche an, bis einer den Plümpel sah und anfing damit im Klo zu stochern. Es tat sich nichts. Der zweite Kerl brummte und ging hinaus. Der andere wartete und glotzte weiter das Klo an. Nach ein paar Minuten kam der erste mit einem Koffer zurück. Er stellte ihn ab und machte sich am Klo zu schaffen. Ich hatte eine schlimme Befürchtung und lag richtig. Er nahm die Schüssel von der Wand und alles was vorher im Klo war floss ins Bad. Der Kerl nuschelte irgendwas, das sich wie „Handtücher" anhörte. Ich gab ihm eins und er versuchte damit die Scheisse aufzuhalten. Inzwischen stand die Sutte schon zwei Zentimeter hoch. Ich konnte das Schauspiel und den Geruch nicht länger ertragen und ging raus. Der Schweiss in meiner Ritze stank inzwischen. Ich hoffte, dass es schnell vorbei wäre und liess die Kerle weiter machen. Auch die stanken jetzt. Irgendwann war es soweit. Das Klo spülte wieder. Nur die Scheisse auf dem Boden war noch da. Ich bedankte mich, wechselte die Unterhosen und wartete auf die Rechnung.

*Das hier ist kein Scheisse
von der Seele schreiben.
Es ist einfach nur Scheisse
über Scheisse.*

Das Schlimmste roch noch

Der Hotelkaffee, der vor mir stand und mich an Apfelsaft erinnerte, liess mich scheussliche Brötchen erwarten. Auf dem Kaffee schwammen weisse Brocken, die mal Milch gewesen waren und das Ei daneben sah auch nicht besser aus. Es ähnelte den unechten Lebensmitteln bei Ikea, die nach Langeweile, Sterilität und Konformismus aussehen. Das Ei hier war zwar echt, schmeckte aber trotzdem nach Holz und Plastik. Das Blöde war, dass ich Hunger hatte. Klar war das Ganze riskant, aber ich hatte sowieso noch nicht geschissen und wusste, dass etwas Unverträgliches gleich nach dem Essen wieder rauskommen würde. Also begann ich zu essen.

Das Brötchen, das zu Staub zerfiel als ich versuchte es zu bestreichen, besiegelte mein Scheissal. Schon nach den ersten paar Bissen kam der Druck. Vielleicht musste ich auf dem Klo fertig frühstücken. Ich hoffte, wenigstens nicht den ganzen Tag vom Dünnschiss geplagt zu werden und wünschte mir, dass es mit einem Schiss erledigt sein würde. Der Gedanke tat gut. Ich packte es sogar alles zu essen, ohne frühzeitig aufs Scheisshaus zu müssen. Aber kurz nach dem Essen ging es los. Eine Kotwehe war im Anflug. Bald würde ich scheissen müssen. Ich machte mich daran, den Tisch zu verlassen und flüchtete ins Hotelzimmer. Ich spürte schon den braunen Stift, der sich zwischen meine zusammengepressten Backen hindurch schob. Zum Glück hatte ich mir Hose und Unterhose schon im Hotelzimmer runtergezogen. Mit baumelnden Eiern lief ich zum Scheisshaus. Genau wie damals als ich klein war und mich im Wohnzimmer auszog, wenn ich ein grosses Geschäft erledigen wollte. Lange Zeit wusste ich davon nichts mehr, bis ich ein paar alte Filme meines Vaters sah, wo dieses Ereignis dokumentiert worden war. Beim Anschauen kam auch die Erinnerung wieder. Sogar dass ich es mindestens einmal nicht bis zum Klo schaffte und irgendwo hin geschissen hatte, fiel mir wieder ein. Zuerst schämte ich mich zwar, aber nachdem schon eine Wurst auf dem Boden gelandet war, gab ich nach und erledigte auch den Rest des Geschäftes an Ort und Stelle. Erst hinterher wurde mir richtig bewusst, was auf mich zukommen würde und ich versuchte schnell den Haufen einzusammeln. Da tauchte auch schon das rote Gesicht meiner Mutter hinter mir auf. Ich erschrak so sehr, dass ich mich auf den Haufen setzte. Peinlich war mir das aber nicht.

Ein paar Jahre später war das anders, denn da wusste ich schon, dass Scheisse und das Scheissen gesellschaftliche Tabus sind. Bis heute frage ich mich warum. Als Baby soll man nichts Anderes tun als Scheissen, Rülpsen und dafür gelobt werden und irgendwann ist das was früher toll war plötzlich schlimm und verboten. Kein Wunder, dass fast jeder einen Schuss hat. Das Pipikackdilemma zerstört unser Leben. Dabei gibt's viel Wichtigeres, auf das man Erziehung und Aufmerksamkeit lenken müsste. Zum Beispiel sollte man Kindern beibringen selbst zu denken und nicht blöd das nachzusagen, was die anderen vorsagen. Eigentlich wollte ich aber erzählen, wie mir der Schiss auf ein Handtuch zum Verhängnis wurde. Ich hatte mal wieder Streit mit meiner Mutter. Und weil ich jähzornig und impulsiv war und keine Lust hatte mit ihr einkaufen zu gehen, bedrohte ich sie in der Garage mit einem Hammer, um zu Hause bleiben zu können. Dort blieb ich dann auch.

Meine Mutter sperrte mich in mein Zimmer ein, wo ich so lange über mein Verhalten nachdenken sollte, bis ich es einsah. Mit Nachdenken war in diesem Moment aber nicht viel bei mir los, da ich dringend kacken musste. Ich brauchte meine gesamte Konzentration, um nicht in die Hose zu scheissen. Verschwitzt suchte ich nach einem Ausweg. Klar konnte ich immer noch aus dem Fenster klettern und in den Garten scheissen, aber ich hatte so grosse Angst von meiner Mutter erwischt zu werden, dass ich lieber Arschwasser schwitzte und versuchte mir was Anderes auszudenken. Wie verrückt versuchte ich die Tür zu öffnen, damit ich endlich scheissen gehen konnte. Es funktionierte nicht. Lange hielt ich nicht mehr durch. Inzwischen überlegte ich sogar, in mein Waschbecken zu kacken.

Kurze Zeit später hielt ich es nicht mehr aus. Mir blieben nur noch Sekunden bis zur Katastrophe. Also entschied ich auf ein Handtuch zu scheissen. Ich entblösste meinen Arsch, ging in die Hocke und liess es kommen. Es tat zwar gut, aber vorne kam auch was raus. Schliesslich gibt es niemanden, der scheissen kann ohne zu pinkeln. Ich versuchte noch den Strahl aufs Handtuch zu leiten, aber es war zu spät und ich pinkelte auf den Teppich. Als ich fertig war, wischte ich mir mit einem anderen Handtuch den Arsch ab. Das vollgeschissene faltete ich so, dass der Haufen in der Mitte war. Es sah jetzt aus wie die Bündel der Wandersmänner im Märchen und ich fragte mich, ob die wohl auch einen Haufen Scheisse mit sich herum schleppten.

Wieder versuchte ich die Tür zu öffnen. Diesmal klappte es. Ich nahm das Bündel, beförderte die Scheisse ins Klo, wusch mir den Hintern und schmiss das Handtuch in den Wäschekorb. Bis heute frage ich mich, warum meine Mutter nichts zu dem Gestank gesagt hatte, der aus dem Korb kam. Allerdings war mein Vater zu dieser Zeit noch Fliesenleger und roch nach der Arbeit oft seltsam. Als meine Mutter mich am Abend fragte, ob ich wieder mit dem Hammer auf sie losgehen würde verneinte ich. Das nächste Mal wollte ich es mit einem Messer versuchen.

Der Schiss im Hotelzimmer roch übrigens zum Kotzen. Es war das Schlimmste was ich je geschissen hatte, also versuchte ich mich zu beeilen. Schon nach zehn Minuten war ich fertig. Dann ging mein Kumpel Domi rein. Schon Sekunden später kam er zurück. Er hatte da drin fast das Bewusstsein verloren und schnappte nach frischer Luft. So einen Schiss schafft nicht jeder. Dazu gehört viel mehr Talent, als man glaubt.

*Ein guter Schiss ist wie
eine Reise in die Vergangenheit.*

Auf Anfang

Ich hab gehört, dass man um gut schreiben zu können im Zimmer bleiben muss. Ich frage mich warum, da ich genauso gut draussen denken und schreiben kann. Draussen wo die Natur ist und die Vögel zwitschern. Ich kann mich unter einen Baum setzen, oder mich unter die Leute mischen und da kreativ sein. Vielleicht funktioniert das bei den meisten anderen nicht so gut, weil sie sich ablenken lassen. Von Menschen die faseln, einem Hund der sich von der Leine gerissen hat und herum bellt, oder einfach nur vom Wind der durch Blatt und Baum weht. Mich lenkt mein Zuhause viel mehr ab, als das Leben draussen. Als Neurotiker ist das auch kein Wunder. Ständig sehe ich etwas, das geordnet oder zurecht gestellt werden will. Ich bin ein kleiner Pedant. Allerdings nur, wenn es um das Anordnen von Gegenständen geht. Staub und Dreck sind mir egal. Ich wohne schon ein paar Jahre in meiner Wohnung und habe noch nie Staub gewischt. Aber solange es hier noch nicht aussieht wie in alten Gruselfilmen, komme ich klar. Und ein gut gemeintes Dreck wegpusten ist ab und zu allemal drin.

Aber zurück zur Ordnung, die mir schon so oft mein Leben gerettet hat. Das denke ich wirklich. Mein Kopf erzählt mir immer wieder, dass all meine Probleme durch äussere Ordnung gelöst werden können. Denn dadurch wird auch drin aufgeräumt. Eigentlich ist das Käse, aber irgendwie auch nicht. Schliesslich funktioniert es ganz gut. Wahrscheinlich nur, weil ich unterbewusst so sehr daran glaube, aber das ist Nebensache. Was zählt ist, dass sich was tut. Davon mal abgesehen, sind mir die Nüsse sammelnden Eichhörnchen im Park wesentlich lieber, als die vier Wände eines Arbeitszimmers. Draussen passiert nämlich was. Drinnen nicht. Nur drin in meinem Kopf. Durch falsche Denkerei wird man zum Stubenhocker und schickt bloss noch Gedanken auf die Reise. Damit wird alles zur Kopfsache, weil dort das neue Leben stattfindet. Mir bereitet das Kopfschmerzen. Denen, die nur noch virtuell unterwegs sind auch.

Viele Menschen heutzutage haben den Monitor zu ihrem Leben gemacht. Dabei ist leben viel mehr, als buntes Flackern. Warum verabschiedet man sich nur von frischer Luft, um tagelang im Dunkeln zu hocken, ein albernes Headset zu tragen und schreiend durch virtuelle Welten zu rennen? Ich renne lieber durch die Realität. Auch wenn sie oft ein Alptraum ist. Wenigstens bin ich in Bewegung. Die im Dunkeln bewegen sich kaum. Nur die Hände zucken hin und her oder hoch und runter, wenn grelle Wichsvorlagen zum Griff in die Realität ablenken. Ich bin kein totaler Verneiner des Fortschritts, aber muss das wirklich alles so sein? Muss es sein, dass man auf

Konzerte geht, obwohl einen die Band nicht interessiert, damit man Fotos zum Hochladen hat?! Später behauptet man zwar da gewesen zu sein, aber eigentlich war man das nur geruchlich. Muss es ein, dass man sich draussen nicht mehr mit Freunden trifft, sondern um Updates zu posten sobald was passiert?! Und muss es ein, dass man nur noch was essen geht, um alle seine Internetfreunde wissen zu lassen wo was supergut ist?!

Ich bin überhaupt kein Fan dieses Superalisierens, da es alles was mal wichtig war, zu einem Einheitsbrei aus Scheisse verkommen lässt. Selbst der quer sitzende Furz, den man sich aus dem Wanst drückt ist superdynamisch. Dabei ist es einfach nur ein Furz, nichts weiter. Versteht mich nicht falsch. Ich mag Fürze. Aber dieses inflationär dämliche Benutzen von Euphemismen jeder Art ist so nichtig wie ein zweites Arschloch in meinem Ellbogen. Das geht schon seit den Achtzigern nicht mehr, wo alles "stark" war. Anscheinend braucht man solche schnöden Begriffe aber, um sich sein Leben schöner zu reden als es ist. Kein Wunder, wenn man bedenkt wie viele Menschen das ignorieren, was sie im Grunde für sich selbst wollen, aber ein Konformistenleben führen ohne jemals einen einzigen eigenen Gedanken gedacht zu haben. Würde ich so leben müssen, wäre für mich auch alles superfett und megastylish.

Wenn jemand Zusammenhänge begreift, ist er deshalb noch lange kein Anhänger von Verschwörungstheorien.

Scheisshausweisheiten

Vor zehn Minuten habe ich was Tolles geschafft. Ich habe eine Banane gegessen, davon Dünnschiss bekommen und so fest gedrückt, dass Scheisse auf mein iPhone gespritzt ist. Das ist beinahe Rekord. Beinahe deswegen, weil ichs schonmal geschafft habe mir auf den Rücken zu kacken. Warum ich von Bananen Dünnschiss bekomme, weiss ich nicht. Eigentlich sollen die Dinger ja genau das Gegenteil bewirken. Irgendwie läuft bei mir Vieles anders als bei normalen Menschen. Anscheinend bin ich eine Laune der Natur, die sich einen Scherz mit mir erlauben wollte, als ich zur Welt kam.

Der erste aussergewöhnliche Schiss meines Lebens war der auf meinen Rücken, obwohl ich auf dem Klo sass. Das ist fünfzehn Jahre her. Seitdem weiss ich, dass man die Art von Druck den der Schliessmuskel erzeugt, wenn er versucht Milchkaffee und Frühstück noch eine Weile drin zu behalten, auf keinen Fall unterschätzen darf. Hier wirken unmenschliche Kräfte und stellen sogar das in den Schatten, was nachts dicke Männer auf Eurosport rumschleppen. So wird dann auch der Spritzer Scheisse auf meinem Rücken zu erklären gewesen sein. Durch den Druck zwischen den Backen.

Das Blöde war, dass ich nicht einmal selbst darauf kam, was auf mir klebte. Wären mir Erlebnisse dieser Art nicht ziemlich egal, hätte das Ganze zu einem der peinlichsten Momente in meinem Leben werden können, denn die Scheisse wurde von einem Mädchen entdeckt, das mir den Rücken streicheln wollte. So aber war mir ein Tag in der achten Klasse, an dem jemand meine Fähigkeit mit zwei Strahlen pinkeln zu können entdeckte peinlicher. Auch heute pinkle ich noch manchmal mehrstrahlig. Und zwar dann wenn Ejakulat mir die Leitung verklebt, weil ich nicht direkt nach dem Sex pinkeln gegangen bin. Meistens versuche ich das aber zu tun, obwohl dadurch Romantik auf der Strecke bleibt.

Ich finde es wichtig, Restejakulat zu beseitigen. Dadurch muss ich das Klo nicht so oft putzen. Schliesslich mag es keiner, Kackreste und Pissflecken weg zu wischen. Auch nicht wenns die eigenen sind. Deshalb sorge ich lieber dafür, dass gar nicht viel Dreck entsteht. Dafür ist es wichtig, das Rohr frei zu halten. Ansonsten entsteht eine Riesensauerei. Klar, wenn zwei Strahlen auf einmal raus kommen. Je nachdem wie lange man nach dem Sex mit dem Pinkeln wartet, kann auch das komplette Rohr verstopft sein. Der Druck des Strahls wird dann so heftig, dass alles heraus schiesst. In diesem Fall ist die Tatsache ein Mehrstrahlbrunser zu sein ganz besonders mies, weil mindestens einer der Strahlen neben die Schüssel geht. In diesem Fall pinkelt man nicht selten auf die Klobrille oder Wand, Decke, Boden und sich selbst an. Also ist es besser man stellt sich in die Dusche, was ich nach dem

Sex sowieso fast immer mache. Ich pinkle gerne da rein. Nur wenn der Abfluss verstopft ist und sich das gelbe Pisswasser um die Knöchel staut, fühle ich mich nicht mehr ganz wohl. Ich rede mir dann ein, dass Urin gut für die Haut ist, um optimistisch zu bleiben.

Man sollte Scheisse niemals intravenös zuführen, sondern exportieren.

Sexuhr

Wenn jemand gerne jeden Tag um sechs Uhr aufstehen möchte, kann er das von mir aus gerne tun. Aber ohne mich. Ich lenke mich lieber von einem Leben ab, das ich nicht führen will und lebe ein eigenes. Diese Freiheit tut gut, auch wenn man zuerst überhaupt nicht freier zu sein scheint als der Rest und immer noch dauernd an Grenzen stösst. Das ist aber nicht schlimm, da man im Laufe der Zeit dahinter kommt, wie man sich so durchmogelt und kaum noch was sagen lassen muss. Hin und wieder soll man vielleicht noch Bußgeld bezahlen oder bei Gericht antanzen wenn man einen verhauen hat, aber ansonsten wird man weitestgehend von mentaler Volksverdummung verschont. Zumindest wenn man sich raushält und davon überzeugt ist bis zum Ende durchzuhalten.

Klar ist das anstrengend und macht müde, aber ich bin lieber müde als eine Leiche. Deswegen nehme ich gerne wieder jeden Tag alles in Kauf, genau wie Zähneputzen. Man weiss heute gar nicht mehr was man glauben soll, wenn man erstmal zu denken angefangen hat. Es passiert eine Menge und am Ende findet man heraus, dass alle Halbwahrheiten irgendwo in der Mitte des Geschwätzes liegen.

Von meinem Gelaber hier tut mir der Rücken weh. Aber für die Freiheit muss man die Schmerzen in Kauf nehmen und weiter machen. Am Ende ists das wert, was mich an eine meiner letzten Sitzungen denken lässt. Meine Wurst war so lang, dass sie sich beim Pressen unten im Klo eingerollt hat wie Fuchspelze um die Hälse fetter Frauen. Das Problem war, dass die Wurst dabei noch hinten drin steckte. Ich konnte das Teil schliesslich nicht die ganze Zeit raushängen lassen. Ich überlegte ein bisschen, dann stand ich auf und die Wurst kippte an die Klobrille. Es war ein Wunder. Ich denke wer so eine Wurst machen kann, kommt auch mit anderen Problemen im Leben klar und kann seinen Weg ohne Kompromisse gehen.

*Ich schreib mal was übers Schreiben,
damit ich was zu schreiben hab. Das
wollte ich schon immer mal schreiben.
Da ichs jetzt geschrieben habe,
kann ich ja weiter schreiben.*

Der Krebs mit der Pflaume

Mein alter Freund Michael wollte Armdrücken gehen, also ging ich mit. Aber nicht um selbst rum zu drücken, sondern um Michael beim steinreich und berühmt werden zuzusehen. Dummerweise kam aber alles ganz anders als von mir geplant, da man mich aufforderte selbst meine Kraft zu beweisen. Blöd daneben sitzen wurde nicht ohne Sticheleien hingenommen und weil ich immer jähzornig werde wenn man mir damit um die Ecke kommt, dass ich ein Angsthase bin, lies ich mich auch aufs Drücken ein. Dummerweise gab es keinen in meiner Grösse und schon gar nicht Gewichtsklasse. Die Armdrücker waren doppelt so schwer und zweimal so gross wie ich. Also musste ich mit einem dieser Monster vor mich hin drücken. Da ich mir keine Chancen auf Sieg ausgedacht hatte, war das aber kein Problem. Nur das Handgelenk wollte ich mir nicht gerne brechen lassen, weshalb ich das Monster bat vorsichtig zu sein.

Als ich mitten im Drücken und Schwitzen war, warf ich einen Blick auf meinen Gegner, der mich knallrot wie er war an einen Krebs erinnerte. Das hatte er zwar auch schon vorher, aber nur weil seine Arme eine seltsame Form hatten. Ich überlegte kurz, beschloss alles zu geben und jede Vorsicht zu ignorieren und gewann den Kampf. Enttäuscht betrachtete der inzwischen dunkelrote Krebs erst seine Scheren- und dann meine Spaghettiarme und schüttelte den Kopf. Schnell machte mein Sieg die Runde und nach und nach wollten auch die anderen Krebse den Drücker mit mir teilen. Auch die konnte ich besiegen, bis am Ende nur noch einer übrig blieb. Der war noch grösser als die anderen und machte mir ein Angst. Ich kam mir vor wie in einem Videospiel zum Film „Over the Top". Der Kerl stapfte auf mich zu und hielt mir seine Pranke unter die Nase. Erst zuckte ich zurück, langte ihm dann aber doch meine Hand hin und begann zu drücken. Was ich zu bieten hatte war für den den Kerl kein Problem. Er spielte rum und schmiss mich durch den Raum.

Ich wurde zornig und wollte nochmal drücken, um doch einen Sieg zu erzwingen. Wieder hielt er mir eine Pranke hin. Ich nahm sie und es ging los. Ich drückte härter als beim ersten Mal, aber es half nichts. Ich wurde durch den Raum geschmissen. Ich war jetzt richtig sauer und wollte noch einen Kampf. Die Pranke kam und es ging los. Aber diesmal war ich vorbereitet. Ich liess ihn drücken und hielt nur dagegen, bis er keine Kraft mehr hatte. Als es so weit war, drückte ich wie verrückt. Da passierte etwas. Ich hatte das Gedrücke wohl zu ernst genommen, denn plötzlich drückte es an einer anderen Stelle und meine Hose wurde nass. Ich hatte mich vollgeschissen. Zumindest dachte ich das im ersten Moment. Schnell lies ich das Drücken und schiss auf den Sieg. Ich wollte aufs

Klo gehen, um zu sehen wie schlimm es war. In die Hose geschissen hatte ich ja nicht zum ersten Mal und ich hoffte dass es nicht so übel sein würde wie damals, als ich in das Auto meines Kumpels Nils gekackt hatte. Ich zog mir Hose und Unterhose runter und schaute was raus gekommen war. Ich sah nichts. Also tastete ich nach meinem Hintern und zuckte erschrocken zusammen. Ein starrer Klumpen hing mir aus dem Arschloch. Zu diesem Zeitpunkt wusste ich noch nicht, dass es sich um eine Pflaume handelte, da ich keinen Spiegel hatte. Erst zu Hause konnte ich sehen was da rumhing. Ich stellte mich ins Bad, hielt einen Spiegel runter und glotzte durch die Beine hinein. Jetzt konnte ich die Pflaume gut sehen. Gefühlt hatte ich sie auch schon vorher. Es war einfach nicht möglich ohne Schmerzen zu scheissen, weil die Pflaume der Scheisse den Weg versperrte und ich erst lernen musste meinen Haufen gekonnt daran vorbei zu drücken.

Erst später fand ich heraus, woher die Pflaume überhaupt gekommen war. Sie war das Ergebnis meines Kampfes gegen den Endgegnerkrebs. Ich hatte so stark gedrückt, dass mir der Arsch geplatzt war. Und so begann ich damit Salbe auf die Pflaume zu schmieren, bis eine Kirsche und dann eine Haselnuss aus ihr wurde, bevor sie eines Tages verschwand. Ich hatte mich so sehr ans Arsch eincremen gewöhnt, dass ich das Ding fast ein bisschen vermisste. Trotzdem habe ich mich seitdem lieber vom Armdrücken ferngehalten.

*Die Eier legende
Wollmilchsau ist ein Musketier.
Ein Tier für alles.*

Neurokopfschmerz

Viele Menschen sagen ich bin ein Pessimist. Ein paar andere sagen das Gegenteil. Die Wahrheit ist, dass ich ein pessimistischer Optimist bin. Oder ein optimistischer Pessimist. Kommt auf den Tag an. Es ist einfach für die anderen sowas zu behaupten, weil mich nicht gerade viele Menschen besonders gut kennen. Aber andererseits glaube ich, dass man mich nicht besonders gut kennen muss, um sich eine Meinung über mich bilden zu können. Ich bin ziemlich leicht zu durchschauen. Davon mal abgesehen wird wohl kein Mensch einen anderen jemals genau kennen. Viele kennen ja nichtmal sich selbst.

Ich schliesse mich dabei gar nicht aus und werde immer wieder von neuen Gedanken überrascht, die aus meinem Unterbewusstsein in die Denkwelt vordringen. Als hätte ich nicht schon genug Worte, Phrasen, Prinzipien, Ideen und Schwachsinn im Kopf. Ob mein Unterbewusstsein es gut mit mir meint, wusste ich lange nicht. Fakt ist, dass Kopfschmerzen vorprogrammiert sind, wenn sich neu Gedachtes mit dem alten Kram vereint und noch ein paar Neurosen vorbeischauen. Das Problem dabei ist, dass die dämlichen Neurosen sich mit den anderen Gedanken da oben drin prügeln wollen. Deswegen die Kopfschmerzen.

Ich denke wieder zuviel über das Denken nach. Das schreibe ich zwar öfter, aber was solls. Im Leben ist doch sowieso immer alles gleich, wie ein monoton tickendes Uhrwerk, das nie ein Ende findet bis es ein Ende findet. Viele Worte sind leer. Ohne Sinn und Inhalt. Ich bin dafür mehr zu fühlen und weniger zu denken. Das ist gut gegen die Kopfschmerzen.

Ein Piepsen kommt aus dem Keller. Es piepst schon seit Stunden und es nervt mich. Nicht besonders, aber genug zum drüber Aufregen. Als hätte ich nicht schon genug Ärger mit der Welt. Heute scheint das Glas nicht halb voll zu sein. Plattitüden für Teesäufer. Keine Ahnung warum ich sie so gerne benutze, aber ich tue es. Immer wieder. Vielleicht bin ich auch nur ein Klugscheisser, oder einer dieser Hochstapler, die sich mit vielen Worten versuchen profilneurotisch selbst darzustellen. Die Runde hier wird mir zu philosophisch, ausserdem tut mir schon wieder der Arsch vom Rumsitzen weh. Aber der Stuhl vom Müll tuts noch. Ich sitze gerne auf ihm rum. Auf Kommando lustiges Zeug schreiben kann ich nicht. Aber auf Kommando furzen geht. Ausser es rührt sich ein Dünnschiss in meinem Arsch. Dann lasse ich das Ganze lieber und warte darauf, dass sich das Gas von selbst raus schleicht, ohne dass ich drücken muss. Eigentlich mag ich lautlose Fürze nicht. Sie sind stinkende Lügner. Schleichende Stinker ohne Stolz. Und am Ende ist noch die Unterhose verschissen. Nicht viel, aber genug um sich selbst wie Scheisse zu fühlen. Was ich mag sind Fürze, die sich nicht feige verdünnisieren.

Warum muss man sich eigentlich immer die Nase putzen, wenn man sich das Gesicht gewaschen hat? Oder geht das nur mir so? Ich denke, dass die Nase ein Eifersüchtler ist, der es nicht mag wenn zwar das Gesicht gewaschen, aber nicht gepobelt wird. Vielleicht ist aber auch die Nähe der Nase zum Hirn schuld, weil die Nase dadurch ein Eigenleben entwickelt haben könnte. Das bestärkt mich in meiner Eifersuchtsthese. Wahrscheinlich will die Nase ein glatt rasierter Bänker sein und als Chef die Toilettenmelodien der ganzen Welt komponieren, was ihr Gerecke gen Himmel erklären würde.

Wer beim Denken ans Denken denkt, dreht durch. Wer beim Lesen ans Lesen denkt auch. Deswegen versuche ich nur an eine Sache zu denken. Das Wesentliche des Moments. Klappt nur leider nicht immer.

Endzeitphilosophie

Wenn man mal kämpfen muss, ist es nicht wichtig dass man weiß wie man das macht. Man muss es einfach tun und das Herz am rechten Fleck haben. Der Rest kommt von selbst. Ich musste schon öfter kämpfen. Vor allem gegen überhebliche Klugscheisser. Das letzte Mal auch. Es gibt so viele davon, dass es nie aufhört und am Ende haben die Klugscheißer eine blutige Nase oder ein blaues Auge und rennen weg. Ich habe keine Ahnung wohin sie rennen. Ist mir aber auch egal, wenn ich ehrlich bin. Man kann Probleme auch ohne Kämpferei lösen. Zumindest behaupten das viele. Ich denke, dass immer gekämpft wird. Dazu müssen nicht erst die Fäuste fliegen. Aber wer sich verbal zu weit aus dem Fenster lehnt, sollte auch körperlich überzeugen können, wenn es sein muss. Am Ende zählen immer noch Taten und nicht hohle Phrasen. Da nutzt auch Klugscheisserei nichts. Wer jetzt gegen mich sein will, weil ich das hier geschrieben habe soll es gerne sein. Ist mir egal. Allerdings wäre es mir lieber, wenn die Intellektuellen dieser Welt ihr Kaffeemaul zu lassen. Dann kommt es gar nicht erst zu blutigen Nasen und geschwollenen Hackfressen und ich muss nicht nochmal auf dem Scheisshaus so einen Text schreiben.

Früher war das Kacken immer pure Entspannung. Aber die Moderne mit all ihrer Hast und Eile hat inzwischen auch mich ergriffen und so sitze ich nun hier und bin produktiv, während die Scheiße aus mir tropft. Zum Glück bin ich nicht bei Facebook oder sonst einer blöden Internet-Community. Sonst müsste ich jetzt auch noch scheiss Nachrichten verschicken.

*Meine Zeit rast da hin, so schnell wie Licht.
Trotzdem fühlt sich die Erinnerung an
Vergangenes wie die Ewigkeit an.*

Scheisssitz

Ich ass eine Pizza mit grünen Peperoni und fühlte mich ziemlich gut. Die Pizza schmeckte und ich konnte sogar beim Essen rumfurzen, ohne dass Material rauskam. Also wurde ich übermütig. Peperoni bedeuten oft nichts Gutes, wenn es darum geht Dampf abzulassen. Der Dampf wird irgendwann feucht und alles endet mit Dünnschiss. Zum Glück schaffe ich es zu solchen Anlässen aber wenigstens immer bis nach Hause. Auch diesmal hätte ich wissen müssen was auf mich zukommt. Normalerweise habe ich immer ein paar Katastrophenszenarien im Hinterkopf. Aber diesmal dachte ich nicht negativ und kassierte die Quittung, als ich im Auto meines Freundes Nils sass, nochmal furzen wollte und in die Hose schiss.

Zuerst dachte ich, nur einen heissen Furz rausgelassen zu haben, da Schleicher meistens feuchter und ein paar Grad wärmer als normale Fürze sind. Besonders im Winter ist das sehr angenehm. Leider machte der wohligen Wärme aber schnell ein anderes Gefühl Platz, als ich merkte dass sich etwas zwischen meine Arschbacken gedrückt hatte. Ich wusste gleich, dass es kein feuchter Furz sein konnte und begriff, dass ich in die Hose gekackt hatte. Das war mir zuletzt mit vierzehn passiert, als ich im Zeltlager war.

Schon damals hatte ich mit Dünnschissen zu tun. Und auch damals wollte ich furzen und schiss mir in die Hose. Ich zog sie runter und glotzte den Dünnschiss an, der mich an Pudding erinnerte. Bei den Mädchen hatte ich danach nicht mehr viele Chancen. Diesmal war zum Glück alles anders, da ich nicht noch den ganzen Tag mit Scheisse in der Hose unter Menschen verbringen musste. Einkaufen gehen wollte ich aber noch. Also überlegte ich was zu tun war und wie ich die nächste halbe Stunde am Besten verbringen konnte. Ich ging nicht davon aus, dass ich viel Scheisse drin hatte, weil es sich immer nur um eine kleine Vorhut handelt wenn man sich aus Versehen in die Hose macht. Ausserdem hatte Nils bis jetzt nichts gerochen und der sass neben mir im Auto. Ich beschloss es darauf ankommen zu lassen und fuhr mit Nils zum Supermarkt.

Inzwischen hatte sich die Kacke ausgebreitet. Es war nicht mehr nur in meiner Arschkerbe feucht, sondern auch drum herum. Dann fing das Zeug zu brennen an. Beim Supermarkt angekommen, stieg ich langsam aus und machte mich auf den Weg hinein. Bei jedem Schritt klatschte es feucht. Ich versuchte breitbeinig zu laufen und dachte dabei an die Revolverhelden aus den Western der Siebziger. Einige Leute starrten mich an. Zum Glück wussten sie nicht was ich wusste. Ich lief zwar komisch, aber das konnte auch andere Gründe haben, wie zum Beispiel einen am Oberschenkel klebenden Sack.

Schnell hatte ich alles zusammen was ich brauchte und stand in der Schlange an der Kasse. Langsam wurde ich paranoid, denn plötzlich hatte ich den Eindruck, dass ein paar Kunden die Nase rümpften. Ich fragte mich, ob man die Scheisse in meiner Hose jetzt riechen konnte. Endlich hatte ich bezahlt und setzte mich wieder zu Nils ins Auto. Der hatte immer noch keine Ahnung was ich durch machte und fuhr mich schweigend nach Hause. In der Zwischenzeit machte ich mir Gedanken und fragte mich, ob ich meine Unterhose behalten oder in den Müll werfen sollte. Wenig später beantwortete sich meine Fragerei von selbst, als ich das volle Dilemma betrachtete. Es handelte sich nämlich nicht nur um eine kleine Vorhut. Ich hatte mich ordentlich eingeschissen.

Die Moral dieses Abends ist mir bis heute im Kopf geblieben. Ich weiss jetzt, dass Fürze immer mit Vorsicht zu geniessen sind. Das Geniessen meine ich ernst. Den eigenen Geruch riecht man ja immer gerne. Besonders freue ich mich, wenn meine Fürze richtig ekelhaft sind. Bei solchen Anlässen furze ich am Liebsten unter eine Decke, damit der Geruch länger da bleibt. Dann nehme ich ein paar tiefe Atemzüge und bin stolz. Auf was soll man sich denn sonst was einbilden? Viele bilden sich was auf ihre Arbeit ein. Dabei hat die gar nichts mit einem selbst zu tun. Bei Fürzen ist das anders, denn sie sind ein Teil von uns allen.

Davon mal abgesehen, ist ein Furz in der Öffentlichkeit ein Statement, um zur Revolte aufzurufen und uns daran zu erinnern, Ärsche und Fäuste in die Luft zu recken. Niemand sollte auf Dauer seine Arschbacken zukneifen müssen. Wenn man das tut, bricht es irgendwann sowieso nur umso heftiger aus einem heraus. Deshalb lasse ich lieber alles raus, anstatt furzfreie Zonen zu suggerieren.

*Was ist der Unterschied
zwischen schlau und dumm?
Das Drumherum.*

Konformitäts-Krise

Drei Minuten länger und ich wäre ertrunken. Dabei war ich gar nicht im Wasser. Allerdings denke ich, dass ich die Luft nicht länger als drei Minuten anhalten könnte und schnell bitteres Salzwasser schlucken würde. Nach dem Schlucken frisst sich das Salzwasser langsam durch mich durch, bis es im Hirn angekommen ist. Von da aus geht das sich durchfressen viel langsamer. Es zieht sich jahrelang dahin, bis das Hirn nur noch ein roter Klumpen ist. Gestorben ist man aber schon längst vorher.

Der im Strom Schwimmende lebt als moderner Zombie ein sehr spaßiges Leben. Er kann die vielen Tasten von Computern und Smartphones perfekt bedienen und auch Nachrichten im Internet verschicken. Vielleicht ist dieses Zombie-Dasein ja gar nicht so schlecht. Warum ich mich trotzdem noch nicht habe infizieren lassen ist einfach. Ich mag die Probleme der Eigenständigkeit und den täglichen Kampf, den ein bewusstes Leben mit sich bringt.

Wahrscheinlich muss dafür geboren worden sein. So wie die anderen auch, die als lebende Leichen herum stapfen. Am Abend gibt es ein Wurstbrot, wie zu Hause bei Mama und alles ist gut. Vielleicht ist es sogar ein Segen so vor sich hin leben zu können, da die Welt die wir erschaffen haben auch ein Zombie ist. Ich habe aber keine grosse Lust dazu mir ständig auf die Klamotten zu sabbern, also wird aus mir wohl nie ein guter Zombie werden. Schade.

Das Leben ist zu kurz,
um nicht mit der Tür ins Haus zu fallen.

Das Ding mit dem Dünnschiss

Seit ich denken kann habe ich oft Dünnschiss. Das Zeug spritzt aus mir heraus, bis es nur noch tropft. Ein blödes Gefühl, das man nicht mit einer Wurst vergleichen kann. Aber auch die Dünnscheisserei erleichtert mich. Ich mag nur das damit verbundene Brennen nicht. Deshalb bin ich kein grosser Freund vom Dünnschiss, obwohl ich mich daran gewöhnt habe. Richtig unangenehm ist es, wenn ich stressbedingt mehrmals am Tag auf den Topf muss und der Dünnschiss dabei nach links spritzt. Das passiert zwar nicht mehr so oft wie früher, dafür aber umso schlimmer wenn es kommt.

Am meisten stört mich das verspritzte Klo. Ich mag die Kloputzerei nicht besonders. Trotzdem mache ich die Schüssel immer sauber, auch wenn ich faul bin. Aber ich möchte ja nicht bei jedem mal Pinkeln an meine anale Misere erinnert und damit ernüchtert werden. Meistens weiss ich schon vor dem Schiss was mich erwartet. An der Art des Drucks auf meinen Arsch kann ich ganz gut die Sorte des Haufens erkennen. Damit könnte ich im Fernsehen auftreten. Auf Kommando klappt das nämlich auch. Und danach könnte ich noch ein schönes Bild mit meinem Arsch malen.

Meine Muskulatur da unten ist so stark ausgeprägt, dass ich Nüsse kacken kann. Das liegt daran, dass nicht immer ein Scheisshaus in der Nähe ist, wenn man eins braucht. Mittlerweile bin ich noch nicht mal mehr wählerisch. Vor ein paar Jahren in Hong Kong zum Beispiel hätte ich mir fast eine Infektion eingefangen, weil ich durch akuten Dünnschiss dazu gezwungen war, gleich das erstbeste Scheisshaus zu nehmen. Zum Glück bin ich recht gesund geblieben. Noch nichtmal in die Hose hab ich mir damals geschissen.

Wenn einer die ganze Zeit zeigt
wie schlau er ist, kann er so schlau nicht sein.

Restkotbrennen

Ein verschissener Arsch kann ganz schön nerven. Also was tun? Zuerst mal dieses Kapitel schreiben. Es ist das letzte an dem ich sitze. Ich will mit der Scheisse hier fertig werden. Nicht weil ich müsste sondern möchte und ich sowieso nie gedacht hätte, dass mir soviel über Scheisse und das Scheissen einfällt. Ich denke mir würde noch mehr einfallen, aber irgendwann muss Schluss sein. Ich will mal wieder was Anderes machen, als mit dem Laptop meinen Schwanz zum Schwitzen bekommen. Nach dem Schreiben kleben mir immer die Eier am Oberschenkel fest und ich muss duschen, obwohl ich nur die Finger bewegt habe.

Gerade ist es aber wirklich anstrengend. Allerdings nicht weil ich denken muss, sondern weil ich seit heute morgen einen schlimmen Muskelkater in den Knochen habe und es schon weh tut, wenn ich mir den Arsch abwische. Die Schreiberei ist noch anstrengender, da man die Arme beim Tippen hoch halten muss. Ich habe schon darüber nachgedacht meinen Text einzusprechen. Geht aber nicht so gut. Beim Schreiben kann ich irgendwie besser denken als beim Reden. Reden tut es sich von selbst. Keine Ahnung wieso. Ich denke das hat wohl irgendwas mit

Selbsterhaltung zu tun hat. Wie ich ausgerechnet darauf gekommen bin verrate ich nicht. Ist ja auch egal. Reicht doch, dass es mir eingefallen ist. Muss immer alles einen Grund haben und Sinn ergeben? Ich finde unpassenden Kram interessanter, weil was Passendes jeder jederzeit sagen kann. Das ist reine Reaktion und kein bisschen kreativ. Ich denke aber recht gerne und deshalb auch darüber nach, was ich alles zum Leben beitragen kann, ohne dabei zu passend zu sein. Ich kann nichtmal sagen warum mir das wichtig ist. Nur dass ich schon immer so war. Ich habe lange darauf gewartet endlich vernünftig zu werden und dachte, dass es auf jeden Fall während meines Studiums passieren würde. Aber es kam nichts. Dabei wollte ich wirklich lernen, wie man konform lebt und als Sklave funktioniert. Aber das Leben ist nicht wie ein Dünnschiss, der sich willentlich beeinflussen lässt. Deshalb ist alles beim Alten. Auch ich bin inzwischen alt. Den Wunsch nach Sklaverei habe ich aufgegeben und endlich akzeptiert, dass ich nicht reinpasse.

Gerade gluckert es im Bauch. Ich habe Nudeln mit Pesto gegessen. Jahrelang ass ich das Zeug jeden Tag. Ich frage mich, wie ich das überleben konnte. Im Moment sowieso, denn die Geräusche da drin hören sich wie das Alien kurz vor dem Durchbruch durch die Magenschleimhaut an. So schlimm wird es wohl nicht werden, aber ich plane auf jeden Fall mal Dünnschiss ein. Ich bin den Frass einfach nicht mehr gewöhnt. Also hat sich in meinem Leben doch was verändert. Ich bin zwar nicht zum Bier trinkenden Medienvolldepp geworden, aber immerhin zum Kaki fressenden Künstleridiot. Meinem Leben hat es ja schon immer an konventionellem Vorwärtsdrang gemangelt. Ich habe nie verstehen können, warum Menschen freiwillig nach Verantwortung streben. Das Leben ist kompliziert genug. Ich finde es sogar schwer, die Verantwortung für mich selbst zu übernehmen.

Einer der Gründe für das Streben nach künstlicher Beschäftigung ist wohl Geld. Auch das ist nichts, was ich verstehen kann. Natürlich brauche auch ich ein bisschen Kohle. Aber nicht um jeden Preis. Ich bin zufrieden, wenn ich irgendwie über die Runden komme und mir ab und zu Pizza, Sockcn und eine Zahnbürste leisten kann. Keine Ahnung was die Leute sich dauernd kaufen wollen. Ich brauche nichts, weil ich schon alles habe was ich brauche und noch mehr. Ich habe so viel Kram, dass ich eher ans verkaufen als ans Kaufen denke. Und von dem Geld kaufe ich mir dann wieder Socken. Socken sind fliessender Besitz. Das ist zu begrüssen. Sie kommen und gehen. Und selbst wenn man mal ein Paar gefunden hat, dass man am Liebsten für immer hätte, lässt es sich nicht langfristig tragen. Zumindest in meinem Fall nicht. Ich will nichts Besonderes damit sagen. Nur ein bisschen zum Nachdenken anregen. Klar könnte ich die Gedanken, die ich hier anfange auch zu Ende bringen, aber das machen schon die anderen Spinner, die meinen wichtige Dinge aufzuschreiben. Ich möchte nur zum Denken anregen. Hauptsache es tut sich was da oben. Damit bin ich schon zufrieden.

Oft weiss ich überhaupt nicht was ich sagen will, wenn ich angefangen habe zu schreiben. Der Ausgangsgedanke meiner Überlegungen verschwindet nach ein paar Sätzen. Aber das ist nicht wichtig. Was zählt ist der Moment in dem ich mir was ausdenke. Denn der hinterlässt das, was ich Erfahrung nenne. Dafür brauche ich noch nichtmal zu wissen, dass ich nichts weiss. Zu wissen, dass ich weiss was ich weiss oder mal gewusst habe, reicht völlig aus.

Der letzte Satz macht mich zufrieden. Ich könnte noch lange so blöd schwätzen. Aber ich höre jetzt auf, weil das Pesto mir auf den Arsch drückt. Ausserdem muss ich das Kapitel noch genauso scheisse beenden, wie ich es vorhin angefangen habe. Gerade erzähle ich keine Geschichte, wie immer. Ich erzähle vom Leben. Meinem Leben. Von was, das mich beschäftigt und mich im Spiel hält. Wenn das bittersüss klingt, dann nur weil es das ist. Putzt Euch die Ärsche richtig ab, dann sollte da unten nichts jucken. Falls das nicht klappt, könnt Ihr auch später noch drüber wischen. Selbst ein Profi wie ich muss das manchmal tun. Also macht Euch nichts draus, wenn es da unten brennt. Es passiert jedem und denen mit mehr Arschhaar noch mehr. Das Lieblingsthema meines Freundes Nils sind Klabusterbärchen. Davon muss er Euch aber selbst erzählen.

Was unterscheidet Scheisse von Politik?
Scheisse ist ein ehrliches Geschäft.

Nostradarmriss

Ich schreibe jetzt nicht wieder was über Scheisse, obwohl ich könnte. Warum ich dann nicht darüber schreibe? Weil ich gerade lieber übers Scheißen schreiben möchte. Ich finde das authentischer. Scheisse ist nur eine Sache, die uns morgens oder abends aus dem Arsch hängt. Scheißen allerdings ist Kultur. Sogar für meine Mutter mit ihrer Verstopfung. Deswegen steht Scheißerei über Scheisse. Das ist die Philosophie des Nostradarmriss. Scheißen ist leisten. Man hat damit die Möglichkeit sich zu beweisen. Und das auch noch mehrmals am Tag, wenn es ein muss. Die Scheisserei verbindet unser aller Selbstbewusstsein mit dem Grundvertrauen. Deshalb brauche ich auch kein großes Auto. Ich mache einfach jeden Tag einen Schiss. Das reicht als Selbstbestätigung aus und ist gut fürs Ego.

Manchmal funktioniert das nicht so gut. Wenn ich merke, dass ich mich trotz der Wurst nicht wohl fühle, wird es schlimm. Zum Glück ist das anale Dilemma am nächsten Tag vergessen und die Kloschüssel wieder voll. Es ist wichtig den Blick nach vorne zu richten und nicht das Ziel aus den Augen zu verlieren. Man sollte versuchen sich die Freude zu erhalten.

Wenn der Arsch brummt, ist das Herz gesund. Besonders die beseelten Fürze heben nicht nur Bettdecken sondern auch die Laune. Ich finde es müsste mehr gefurzt werden. Dann ginge es den Menschen gut und Amerika bräuchte sich nicht mehr in die Kriege auf der Welt einmischen. Es ist wie beim Vegetarismus. Jeder kann was bewegen. Deshalb bin ich fürs Furzen. Es ist steuerfrei und kostet auch sonst nichts, außer seltsame Blicke ernster Leute die nichts begriffen haben. Es müssen wohl zuerst Bomben fallen, bis sich mal was ändert. Da ist mir der Geruch aus meiner Unterhose von vorgestern lieber.

Jung bleibt man,
wenn man bleibt wer man war.

Sollbruchstellenstücke

Eine Zeit lang habe ich mich immer mal wieder gefragt, warum es Scheisshäuser mit Podesten gibt. Inzwischen weiss ich, dass viele gerne ihren Schiss betrachten. Dafür gibt es triftige Gründe. Der Eine will sehen, ob alles gut gegangen ist, ein anderer schaut nach seiner Gesundheit und ein paar zählen Maiskörner. Ich interessiere mich aus Spass am Schiss für meinen Schiss und das Podest macht auch für mich Sinn. Ich kann damit gut erkennen, ob ich eine Rekordwurst gemacht habe. Lange dachte ich über die richtige Technik nach und am Ende hatte ich Erfolg. Ich mag die Ablageklos, aber wenn man zu viel aus sich raus holt kann es sein, dass man von der Scheisse berührt wird. Normalerweise rechnet man nicht damit. Deshalb schaut auch keiner runter, um zu sehen wie viel Platz noch zwischen Haufen und Damm ist, was die Sache schwierig werden lässt. Ich passe auf, wenn ich mich auf so einen Pott setze. Zwar ist es nicht schlimm von seiner Scheisse berührt zu werden, aber trotzdem muss man es nicht unbedingt erleben.

Wer die Rekordwurst machen will, muss auf das Atmen achten. Vor dem Pressen sollte man tief Luft holen. Das macht viel Sinn, weil beim Drücken nicht mehr geatmet werden darf. Atmet man trotzdem, bricht die Wurst. Denn Einatmen zieht die Scheisse zurück Richtung Arsch, so dass sich Kot um die Backen staut. Zusätzlich entstehen Wurstbruchstücke, die an den Enden ausfransen. Deshalb ist es wichtig die Wurst an einem Stück zu scheissen und erst Luft zu holen, wenn sie raus ist. Und jetzt das Ganze nochmal in einem Satz:

Eine Wurst ohne Bruch scheissen ist leicht.
Man muss nur pressen ohne Luft zu holen.

Die beste Geschichte aller Zeiten

Das hier ist der Linearfilm als Buch. Das realistischste Buch aller Zeiten. Es ist schnell geschrieben und kann morgen gedruckt werden. Niemand muss verstehen, was ich hier schreibe. Bei diesem Kapitel handelt es sich um einen Insider. Beim linearen Film ist alles gut, weil es nur im Moment entsteht und davon lebt. Deshalb ist alles was man in und mit dieser Art von Film tut richtig. Warum ist das nicht auch im echten Leben so? Vielleicht weil das Leben keinen Spass machen darf?!

Alles sollte okay sein. Warum? Weil es passiert und das nicht ohne Grund. Wenn in einem Buch alles stimmt, kann das auch in der Realität klappen. Dazu braucht man nur Phantasie und schon wird der Text real. Am Ende war alles nur ein Lebenstraum. Ich kann tun was ich möchte, genau wie morgen auch. Ich ärgere mich darüber, wenn ich mich verspreche und finde es absurd, dass ich es tue. Manche Leute können sich noch nichtmal den Arsch abwischen und ich ärgere mich über so eine Scheisse. Glückwunsch.

Es sind erst 14 Minuten
seit 18 Minuten vergangen.

Denkanstoss

Es ist ein beschissenes Gefühl, wenn man merkt dass man viel zu viel denkt. Beim Reden stört das besonders. Es ist nämlich nicht das Gespräch über das man sich Gedanken macht, sondern kleine Horrorszenarien die im Unterbewusstsein um die Wette laufen. Kaum lässt etwas das Adrenalin sinken, geht das Grübeln los. Einerseits ist es ja toll zu wissen, dass man multitaskingfähig ist. Aber in diesem Fall bringt das nichts ein, ausser Stammeln und Stottern. Ich will schon wieder mal auf nichts hinaus und schreibe nur aus Langeweile. Genau dieses immer auf was hinaus wollen und was Wichtiges sagen müssen, ist mein grösstes Problem. Vor allem wenn es ums Denken beim Reden geht.

Ich merke mal wieder, dass ich nicht dazu passe. Nicht zur Gesellschaft, nicht zur Welt, nicht zu den Menschen. Ich sage oft, dass ich ein Alien bin. Bestimmt fühlt sich manchmal jeder wie eins, aber ich bin überzeugt davon nicht von dieser Welt zu sein. Warum sonst sollte ich so seltsam sein. Vielleicht gibt es eine Erklärung vom Arzt dafür, der für alles eine Krankheit erfindet. Manchmal fühlt es sich sogar an als wäre ich krank. Dann putze ich mir den Arsch mit feuchten Tüchern ab und fühle mich wieder normal. Man kann das Kranke in sich nutzen. Am Feuer verbrennen die Finger und alles andere was man rein hält, aber wenn man nur ab und zu kurz rein fasst ist es erträglich. Genau so ist der Wahnsinn. Gedanken sind schlimmer als ein verschissener Arsch. Und was sagt uns das? Dass es weitergeht und die Welt sich weiter dreht. Eine Welt, die keiner ersteht. Aber jeder hat die Wahl selbst zu entscheiden was und wie er sein will. Dafür sollten wir dankbar sein und uns freuen. Jetzt aber genug von der Philosophie. Ich muss wieder was über Scheisse oder das Finanzamt schreiben.

*Jemand der lieber seinen Lohn kassiert
als seine Arbeit zu erledigen,
hat seinen Job verfehlt.*

Stoffwechselhaft

Seitdem ich viel mehr Sport mache, hat sich auch mein Stoffwechsel verändert. Ich merke das gut, weil ich jetzt zweimal am Tag scheissen muss. Früher war es anders. Mein Arsch war meistens mit einer Wurst zufrieden und hat mich danach in Ruhe gelassen. Ausser ich habe was gegessen, das ihm nicht passte. Oft waren das gesunde Sachen. Kein Wunder, wenn man zwanzig Jahre lang nur Pizza gegessen hat. Wenn ich das Gesunde esse, gefällt das weder Darm noch Arsch. Die beiden versuchen dann das Ganze so schnell wie möglich wieder los zu werden. Damit wären wir wieder bei der Arschpisse.

Bei mir läuft sowieso alles komisch ab. Ein normaler Mensch kotzt, wenn er was nicht verträgt. Ich scheisse. Vielleicht ist bei mir alles verkehrt herum. Ich habe schon ein paar Mal gehört, dass es Leute gibt die aus dem Mund scheissen. Das klingt nach einer urbanen Legende, auch wenn das Thema schonmal im Fernsehen war. Das stimmt mich versöhnlich mit mir. So merke ich, dass es noch mehr Menschen ausser mir gibt die beknackt sind. Vielleicht sind die und ich ja doch normal. Was auch immer „normal" ist. Dieses Wörtchen definiert sich durch Mehrheit. Reicht das zum normal sein aus? Ich denke nicht und finde es vermessen etwas anzuerkennen, das wegen einer Mehrheit normal und deshalb automatisch richtig sein soll. Wir sollten umdenken und Normalität nicht mehr als Konvention betrachten. Das ist schwer zu erklären und für viele nicht plausibel. Noch besser wäre es dieses Wort und das Konformistentum abzuschaffen und wieder selbst nachzudenken. Normalität ist eine böse Krankheit, die Menschen zu Maschinen macht und den Verstand zerstört. Fakt ist allerdings, dass bis zu zweimal Scheissen am Tag normal ist.

Auch unterwegs kann ich jetzt ohne feuchte Tücher einen Schiss machen und mich wohl fühlen. Früher fühlte ich mich immer schlecht, wenn ich mich beim Scheissen nicht ausziehen konnte. Heute bin ich mental weiter und schaffe den Schiss auch mit der Hose um die Knöchel. Mein Shirt muss ich zwar immer noch ausziehen, aber vielleicht kann ich irgendwann auch komplett angezogen kacken. Ich würde mich freuen und wäre erleichtert. Ich mag Dinge, die das Leben einfacher machen. Mir juckt es zwischen den Arschbacken. Zum Glück gibt es feuchte Tücher für Babies. Die tun auch meinem Arsch ganz gut. Vielleicht bin ich deshalb nicht erwachsen geworden. Weil mein Arsch ein Kleinkind ist.

Es ist schwerer eine künstliche Realität zu erschaffen, als in seiner eigenen Welt zu leben.

Teebeutel-Grand-Canyon-Titten

Das kann passieren, wenn Frauen sehr teure BH's tragen, die zu viel gute Stehform erzeugen. Zwar ist Mann bei entpackten Brüsten oft enttäuscht, aber manche Körbchen tragen ganz besonders dazu bei. Am Schlimmsten ist es, wenn man unvermittelt von zwei Walen mit rosaroten Köpfchen angestarrt wird, die sich nicht sehr zu mögen scheinen. Warum sonst sollten sie voneinander weg wollen?! Sie ziehen nach links und rechts und hoffen, dass ein Flugzeug in der Mitte landet.

Ich kann die Wale verstehen. Große Tiere brauchen Platz und dürfen nicht auf engem Raum gehalten werden. Das ist Tierquälerei. Außerdem gehts dabei nicht bloß den Walen schlecht. Andere Tiere werden mit dem Anblick mit gequält. Deshalb wäre es viel besser Moby Tit nicht einzusperren, auch wenn sich der Schwerkraft hingeben ebenfalls keine Lösung ist.

Zusätzlich wollte ich noch los werden, dass ich es nicht verstehen kann warum Frauen Parfüm auf sich spritzen. Das Zeug riecht erbärmlich und hat keinen Sinn, der sich mir erschliessen würde. Ich stehe nicht sehr auf das Vorspielen falscher Tatsachen. Das Einzige was diese Wässerchen anrichten, ist Brüste bitter schmecken lassen. Und da hat doch am Ende keiner was von, oder?!

Frauen die sich was auf Arsch und Titten einbilden gehen mir auf den Sack. Schließlich bestehen sie nicht nur aus Arsch und Titten. Das wäre schlimm.

Pizzapobel und Bierschmalz

Ich habe zwar schon so Einiges probiert, aber an Kacke traue ich mich nicht ran. Obwohl Scheisse vielleicht gar nicht so beschissen schmeckt. Trotzdem denke ich nicht, dass sich Scheisse mit anderen Produkten des Körpers vergleichen lässt. Nehmen wir zum Beispiel mal einen Pobel her. Pobel haben ein rundes Aroma und schmecken nach Pizza. Der Ohrenschmalz ist auch nicht so schlecht, wie alle sagen. Vor allem den Biertrinkern bietet er viele Bitterstoffe. Hornhaut enthält Protein und Urin zum Frühstück ist sowieso gesund. Aber was bietet Scheisse, ausser dem Spass darüber zu schreiben oder sich bei seiner Sitzung zu filmen. Scheisse ist wie Plastik, wenn es ums Recyclen geht und Plastik bringt einen um die Ecke. Deshalb muss der Kunststoff weg. Weil keiner eine Welt aus Plastikmüll, Plastikessen und Plastiktitten will. Es ist erwiesen, dass Plastik Brüste grösser macht. Das freut zwar ein paar Männer, aber auch nur so lange es nicht die eigenen sind. Mir gefallen zu grosse Brüste sowieso nicht. Alles verliert seinen Reiz, wenn man zu viel davon hat. Ausserdem tun mir die Chirurgen leid, die nichts mehr zu tun haben, wenn alle Brüste voll mit Plastik sind.

Es wäre also besser wieder mehr Glasflaschen zu kaufen und damit die Wirtschaft anzukurbeln. Nur so bleiben Brüste schön. Ansonsten befinden wir uns bald in einem Endzeitszenario wie „Day of the Tit" oder „Titminator", wo das Böse versucht die Menschheit zu beherrschen. Deshalb sage ich: „Beware of the Tit".

*Sexuelle Versprechen schreien
geradezu nach Lustversagen.*

Verschwörungstheorien

Warum ich über Pisse und Scheisse schreibe? Weil Staat, Gesellschaft und das System darauf basieren. Scheisse und Pisse haben schon im alten Rom funktioniert und es funktioniert noch immer besser als alles, was sonst mit Systemen zu tun. In Rom wurden die Geschäfte beim Geschäft machen gemacht und so das Geschäft gefördert. Also sind Scheisse, Wirtschaft und Politik Verbündete. Man kann nicht leugnen, was offensichtlich ist. Fast jeder anständige Römer war Mitglied eines Senats oder sonst ein hohes Tier. Das beweist, dass Zement aus Scheisse die Mauern des Systems zusammen hält. Und das schon immer. Ob Politiker auch heute noch gemeinsam Dampf ablassen gehen, weiss ich nicht. Aber ich kann es mir gut vorstellen. Politiker machen ernste Sachen, die man mit gutem Gewissen schlecht reden darf. Wer mag schon Politiker? Sie sind wie Nadeln oder Pickel und die mag niemand.

Auch Frauen gehen zusammen ihr Geschäft machen. Was sie dabei treiben weiss keiner. Bestimmt malen sich viele Männer Sexphantasien aus. Ich aber nicht. Ich glaube an Verschwörungen. Und wenn es möglich ist, dass Enten die Welt übernehmen wollen, könnte es auch sein dass sich Frauen beim Pinkeln verbünden, um die Welt pinker zu machen. Das Klo bleibt geheimnisvoll und rätselhaft. Eigentlich will man ja auch nicht immer alles genau wissen. Ich möchte das schon, aber nur aus morbider Neugierde. Wir Männer haben gute Gründe zusammen pinkeln zugehen. Man schaut sich auf die Rüssel, pisst um die Wette oder schiesst ein Tor. Aber was machen Frauen? Sich beim Zischen zuhören und herausfinden wer es lauter macht? Keine Ahnung, aber es scheint gut zu laufen. Ich mache mir zu viele Gedanken und sollte meinen Fokus lieber wieder auf Politiker richten. Man muss einfach schlecht über sie schreiben. Deshalb denke ich weiter und schreibe Blödsinn auf leere Blätter.

Drei plus fünf ist acht.

Pflaumengefecht

Es war fast elf Uhr. Scheisszeit. Also setzte ich mich hin und fing an zu drücken. Es tat sich nichts, also versuchte ich es wieder. Immer noch tat sich kaum was. Eigentlich bin ich ein Dünnscheisser, aber diesmal war es anders. Plötzlich löste sich etwas und ein großer Klumpen fiel herunter. Ich fühlte mich gut und wischte mir den Hintern ab. Wie immer glotzte ich danach das Klopapier an. Mir wurde heiß und kalt, denn das Papier war nicht braun sondern rot. Irgendwas stimmte nicht. Ich schaute zum Haufen. Er war braun.

Vorsichtig befühlte ich meinen Hintern. Was ich dort fühlte gefiel mir auch nicht so besonders. Etwas hing aus meinem Arsch raus. Ich hatte nichts Komisches gegessen und fragte mich ob es das Stück Käse war, das ich ohne zu kauen geschluckt hatte. Erst später fand ich heraus was passiert war. Ich hatte zu heftig gedrückt und etwas war geplatzt. Das hört sich jetzt schlimmer an als es ist. Aber trotzdem schmerzt einem der Arsch, wenn man ein paar Wochen lang seine Scheisse an einer Pflaume vorbei pressen muss.

Während ich das schreibe, habe ich auch wieder eine Pflaume dran. Ich weiss gar nicht wie es diesmal passiert ist, aber es fühlt sich wieder scheisse an. Diesmal sogar noch ein bisschen beschissener als sonst. Die Pflaume hängt nämlich nicht nur hinten rum und tut dort weh, sondern es brennt und drückt auch innen. Zuerst dachte ich an Muskelkater oder eine Analprellung, weil ich vor Schmerz kaum Skateboard fahren konnte. Bis ich heute morgen meinen Hintern abgewischt und die Pflaume entdeckt habe. Danach war mir alles klar und ich wieder beruhigt. Ich kenne dieses Problem ja schon, also kein Grund zur Sorge.

Schau Dir die Vögel auf den Dächern an und Du wirst Antennen vom Himmel fallen sehen.

Arschpisse

Wenn man so übers Furzen nachdenkt, kommt man schnell darauf, dass es dem Gähnen ähnelt. Ob man das deswegen miteinander vergleichen kann, weiss ich nicht. Auf jeden Fall lässt mein Arsch immer Dampf ab, wenn jemand anders das tut. Genau wie beim Gähnen. Es ist ein Muss für jeden. Man reisst unweigerlich das Maul auf, wenn um einen rum gegähnt wird. Das zeigt sehr gut, warum Politik und Fussball die Masse begeistern. Der Mensch ist ein Mitläufer. Deshalb kann man keinem einen Vorwurf machen. Irgendwie aber doch, weil jeder selbst entscheiden kann, was er denken und tun möchte. Ich verstehe nicht, warum man hohle Phrasen freiwillig beibehält. Aber ich bin ja auch jemand, dem das Anecken grossen Spass macht. Das war schon im Kindergarten so. Wollte ich Lego spielen und sah ein anderes Kind die Bausteine zusammen stecken, hatte ich keine Lust mehr, weil alles was ich tun konnte Mitspielen war. Ich aber wollte nicht die Häuschen blödgesichtiger Kinder bauen. Ich glaube die meisten Menschen kennen dieses Gefühl kaum und verstehen mich nicht. Das kann ich keinem verübeln, denn ich verstehe die anderen auch nicht.

Vor zwei Jahren floss ein feuriger Schiss aus meinem Arsch, der das Schlimmste war was ich je geschissen hatte. Das Zeug fühlte sich an als würde ich Reisnägel kacken. Ob das vom Dünnschiss kam weiss ich nicht so genau. Wahrscheinlich lag es eher an der Häufigkeit der Schisse. Angefangen hatte alles mit Knoblauchbrot und einer Flasche Chlorwasser nachts um halb zwölf. Bis zu diesem Zeitpunkt wusste ich noch gar nicht, dass mich Knoblauch zum Scheissen bringen würde. Inzwischen weiss ich Bescheid. Schon eine halbe Stunde nach dem Essen fühlte ich mich elend. Zuerst drückte nichts auf meinen Arsch. Ich war nur zermürbt. Also legte ich mich aufs Bett und versuchte schnell zu schlafen. Leider ging mein Plan nicht auf. Ich konnte weder einschlafen, noch half das Herumliegen. Also fing ich an einige Pornos im Internet zu glotzen. Auch das half mir nicht. Ich bin ein Kotzreizhasser und verstehe nicht, warum es Menschen gibt die freiwillig so lange saufen bis sie kotzen müssen.

Der Welt mangelt es an Happy Endings. Zum Glück habe ich vor kurzem Klopapier entdeckt, das so heisst. Es gibt also Hoffnung. Trotzdem benutze ich „Happy Ending" nicht so gerne. Fünf Lagen sind einfach zu viel für die Rohre in meiner Wohnung. Ein gefahrloses Abspülen vor dem Aufstehen ist bei mir nicht möglich. Ausser man ist sich sicher, nur ein kleines grosses Geschäft gemacht zu haben. Sonst kann es passieren, dass die Scheisse einen am Arsch berührt.

Ich machte mich zum Kotzen ins Bad auf. In meiner Familie ist es Tradition ins Waschbecken zu kotzen. Ich weiss zwar inzwischen, dass es normaler ist ins Klo zu brechen, aber damals war ich ganz froh über unsere alte Tradition. Denn als ich mich zum Waschbecken runter beugte, merkte ich Druck hinten drin. Ich musste mich entscheiden. Kotzen oder Scheissen. Irgendwie liess sich aber weder das eine noch das andere länger zurückhalten. Ich entschied mich fürs Scheissen. Mittendrin begann ich zu würgen. Der Geruch war zu viel für mich. Mir fiel auf, dass ich in Kotzweite des Waschbeckens war. Ich beugte mich nach vorne und spuckte einige Brotkrumen aus. Im Delirium registrierte ich, dass ich schiss und dabei kotzte und versuchte an Laugengebäck zu denken. Dann war es vorbei. Das Badezimmer roch wie eine Windel. Ich hatte keine Lust mehr auf den Gestank und legte mich ins Bett. Kaum eine Stunde später ging es von vorne los. Zwei Tage lang zog sich das Ganze hin. Alles was ich tun konnte war blöd rumliegen und warten. Mein Rachen war entzündet und der Arsch wund. Ich wünschte mich nach Hause in die Badewanne und schmierte mir ein bisschen Salbe zwischen die Arschbacken.

Was nutzt ein glückliches Ende
wenn man traurig gelebt hat?

Falafel des Todes

Schon auf der Autofahrt nach Innsbruck ahnte ich was Schlimmes. Wir fuhren schon seit neun Stunden, weil in vielen Teilen Deutschlands fast jeder zu langsam fährt. Ich verstehe das nicht, weil ich aus Unterfranken komme, wo man eher zu schnell fährt. In Südhessen feiert man lieber Geburtstag. Allerdings ist Schleicherei nicht nur ein hessisches Problem. Woran liegt es, dass so lahm rum gefahren wird? An der Angst vor Sanktionierung? Oder an fehlendem Mut und Selbstrespekt? Keine Ahnung. Ich muss mal jemanden fragen der so fährt, dann weiss ich mehr. Vielleicht haben uns Staat und Gesellschaft mürbe gemacht und jeden Elan genommen? Oder die Menschen geben sich einfach zu blind und blöd der Arbeit hin, anstatt zu leben? Ich will lieber ein grosser Kämpfer sein. Das liegt wohl daran, dass ich mich in einer Arena voller Gladiatoren besser aufgehoben fühle, als in der heutigen Zeit. Hier fehlt es an Feuer. Deswegen möchte ich dazu aufrufen, Gaspedale kräftig nach unten zu drücken. Am Ende haben wir alle etwas davon, denn wir sind nicht nur schneller unterwegs, sondern auch schneller zu Hause auf dem Scheisshaus.

Als wir endlich in Innsbruck angekommen waren, hatten wir Hunger. Wir fanden eine Dönerbude, gingen rein und bestellten Falafel. Als er kam zuckte ich zusammen. Das Zeug sah fettig aus und mir schwante Böses. Ich hatte mit dieser Art Falafel schon schlimme Erfahrungen gemacht. Die Teile brachten mich schneller aufs Scheisshaus als Bananen. Aber ich hatte einfach zu grossen Hunger. Also versuchte ich das Ding zu essen. Mein Bauch gluckerte. Gerade hatte ich noch gemütlich furzen können. Damit war es jetzt vorbei. Wahrscheinlich hatte das Furzen funktioniert, weil noch nicht alles da unten angekommen war. Jetzt drückte es heftig.

Ich versuchte den Druck zu ignorieren und stieg mit zusammengekniffenem Arsch auf mein Skateboard. Nach ein paar Metern fühlte ich mich besser und probierte ein paar Tricks. Zuerst ging alles gut, aber dann gluckerte es wieder und ich spürte die Scheisse nach unten rutschen. Ich wusste was kam. Ich würde den Druck kaum länger als zwei Minuten aushalten können. Schnell machte ich mich aus dem Staub und suchte nach einem Scheisshaus. Ich fand keins. Lange konnte ich nicht mehr suchen. Es waren schon ein paar Minuten ins Land gegangen und auch ein bisschen Land in die Hose. Ein warmes Rinnsal lief mir die Beine runter. Ich konnte kaum noch klar denken, war bleich und schwitzte kalten Schweiss.

Noch einmal kniff ich die Arschbacken zusammen und lief herum. Da sah ich ein Restaurant, das noch geöffnet hatte. Ich ging hin und bat einen Kellner um Notdurftexil. Er liess es mich machen. Ich schleppte mich die Treppe rauf, zog mich aus uns setzte mich hin. Donnernd brach es schräg aus dem Hintern raus. Ich stöhnte. Die Scheisse brannte. Es roch nach Tod. Irgendwann hatte ich es hinter mir. Ich drehte mich zum Klopapier um. Es gab keins. Mit verschissenem Arsch watschelte ich zur nächsten Kabine rüber. Dort fand ich eine Rolle und putzte mich ab. Dann ging ich hinaus in die Nacht.

Das Leben in dieser Welt
ist ein Instagram-Effekt.

Einszwanzig

Wie die Überschrift schon erahnen lässt, habe ich es mal geschafft eine richtig grosse Wurst zu machen. Es war im Hochsommer vor einem Jahr. Nils und ich hatten ein Zelt auf einem Bolzplatz mitten in Franken aufgeschlagen und besuchten meinen Freund Michael. Nachts hingen wir im Wald rum und zählten Sternschnuppen. Morgens wachte ich mit heftigem Druck auf dem Arsch auf. Ich wusste es würde nicht lange dauern, bis ich scheissen müsste. Aber weit und breit war kein Scheisshaus. Es wurde brenzlig. Ein Schiss in den Wald kam nicht in Frage. Ich brauchte ein Klo.

Jetzt hiess es Arschbacken zusammenkneifen. Ich hatte keine Lust auf einen malenden Stift, also machten wir uns zu Michael auf, damit ich den Pott besteigen konnte. Das Blöde war, dass ich Hunger hatte. Ich überlegte mir, wie ich beides am Besten vereinbaren konnte. Ein Schiss vor dem Essen würde keinen Sinn ergeben. Also liess ich den Arsch warten. Ein paar Brötchen und zwei Kaffee später war es endlich soweit. Ich senkte den Hintern auf die Klobrille und drückte ein bisschen. Dann schaute ich hinunter und staunte nicht schlecht. Was raus gekommen war, konnte unmöglich da drin gewesen sein. Eine riesige

Wurst rollte sich gemütlich unter Wasser zusammen und schaute mich recht nachdenklich an. Ich freute mich und machte ein Foto davon. Dann wischte ich mir den Arsch ab und setzte mich auf die Terrasse. Heute war ein guter Tag. Ein guter Tag zum Scheissen.

Liebe ist,
wenn man unter die Decke furzt,
seine Freundin runterdrückt und
sie zwingt am Furz zu riechen
und sie bei einem bleibt.

Pipikackdilemma

Manchmal habe ich auch nach dem Kacken noch Druck auf dem Arsch. Das nervt vor allem wenn ich pinkeln muss, weil man dabei auch ein bisschen drückt. Meistens stehe ich dann eine Weile mit aus der Hose hängendem Schwanz rum, bis es klappt. Es kommt auch vor, dass ich sehr dringend pinkeln muss. In diesem Fall mache ich es mir leichter und setze mich zum Scheissen hin. Oft habe ich aber keine Zeit den Tag mit Schissen zu verbringen. Deswegen habe ich mir eine Technik zur Sicherheit auf dem Scheisshaus ausgedacht. Ich furze. Denn wenn der Furz klappt, ohne dass ich in die Hose scheisse, klappt auch die Pinkelei. Ich verbringe eigentlich gerne meine Zeit auf dem Klo, weil ich immer unruhig und getrieben bin und auch mal entspannen muss. Das geht beim Scheissen ganz gut. Ich bin dabei gezwungen, still zu sitzen und nichts zu tun. Nur in dieser Stunde bin ich frei. Der ganze Stress der mich sonst umgibt bleibt weg und ich habe meine Ruhe. Ohne das Scheissen wäre ich bestimmt krank, da ich den Lebensdruck nicht ertragen könnte. Es ist ein Segen aufs Klo zu müssen. Hätten Menschen keinen Stoffwechsel, wäre ich arm dran.

Wenn ich viel Stress habe, muss ich auch scheissen wenn es gar nicht drückt. Das bringt mich runter. Viele müssen dazu in den Urlaub fahren. Mir reicht ein Schiss. Lästig wird es nur, wenn ich zu oft auf den Topf gehe, weil irgendwann der Arsch brennt. Ich glaube ich habe das Abputzen immer noch nicht so richtig drauf. Daran ist meine Mutter schuld. Sie erzählt mir immer gerne, dass sie mir mit elf Jahren noch den Arsch abgewischt hat. Es wäre besser gewesen, sie hätte mir nicht mehr zwischen die Arschbacken gegriffen. Obwohl ich dann vielleicht auch noch heute mit einem verschissenen Arsch herum laufen würde.

Absolute Freiheit ist nichts weiter
als eine Form von ungezwungenem Glück.

Dachstuhl

Einmal sass ich auf dem Klo, machte eine Wurst und schaute mir Videos im Internet an. Draussen schien die Sonne und die Leute gingen mit ihren Hunden spazieren. Ich machte es mir gerade gemütlich, da rumorte es auf dem Dach. Ich dachte mir nichts dabei und drückte ein bisschen Scheisse in die Schüssel. Ich wollte diesmal nicht so lange wie sonst auf dem Pott zu sitzen und machte Druck. Plötzlich klapperte es über mir. Ich guckte hoch und sah wie das Fenster verschwand. Dann glotzte einer herein und sah zu wie ich meinen Schiss machte. Ich blieb sehr freundlich und wünschte ihm einen guten Morgen. Er grunzte und glotzte mir auf den Arsch. Dann sah er meinen Haufen und klapperte mit den Zähnen. Ich klapperte auch ein bisschen und drückte noch eine Wurst raus. Das gefiel dem Kerl auf dem Dach nicht und er verschwand wieder. Mir war es recht. Ich scheisse lieber alleine, um mir Gedanken machen zu können. Als alle Würste raus waren, guckte ich wieder hoch. Nichts war zu sehen. Ich stand auf und putzte ab. Da raschelte es laut und der Kopf erschien. Ich hielt ihm ein Stück Klopapier hin. Da verschwand er wieder. Ich brachte es zu Ende und spülte ab. Dann glotzte ich oben raus, wünschte den Handwerkern noch einen guten Tag und ging weg.

Sich nach dem Scheissen nicht die Hände zu waschen, ist ein rebellisches Gefühl.

Happy Ending.